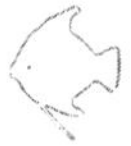

さよなら別れ
～ひとり泣きたい夜に～

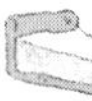

はじまり出会い
～心ときめきたい夜に～

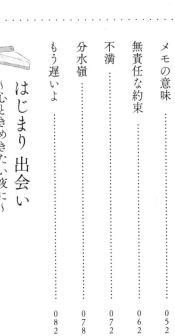

イラスト／ゆどうふ
挿絵／おさかなゼリー
デザイン／北國ヤヨイ（ucai）

すべての恋が終わるとしても

140字のさよならの話

別れの挨拶

「またね」

それが彼とお決まりの挨拶だった。
また次の機会にね、そんな意味を込めて。
互いに進路が変わっても、恋人ができても、
いつだって次があると思ってた。

でも。

「ずっと好きでした」

「ごめん、俺結婚するんだ」

一歩踏み出そうとした日、彼との距離を誤って。

その日最後の挨拶は

「さようなら」

元カノのＳＮＳ

別れて時間が経ったのに、
どうしてか君のＳＮＳを開いて見てしまう。
元気でいるだろうか。
新しい恋人ができていてもショックだし、
一人思い悩んでいそうでも心配だ。

どっちにしたって見なきゃいいものなのに。

「もう、俺とは何も関係ないのにな」

一人そう呟く。

本当は俺の隣で

幸せになってほしかったのに。

残り香

向かいの駅のホームに懐かしい姿を見た。
昔付き合っていた彼の姿。
今は新たな恋人と一緒にいるらしい。
未だに彼のことを思い出してしまうけど、
きっと彼はそんなことないんだろうな。

そう思いながら眺めていると、目に止まった。

『ピアス似合うと思うよ！』

当時私が言って空けてくれた

ピアスがそこに。

本物の好き

彼女とは仲良しだった。

ただ、付き合ってはなくて、それでも誰にも取られたくなくて。

「これってどういうことなんだろ」

「愛ってやつだよ」

「うん？」

「自分が幸せになりたいのが恋、

誰かを幸せにしたいのが愛。

お前は幸せにしたいから取られたくないんだろ？」

それこそが本物の好きって気持ちだ、と。

いちばん好きな人

「二番目に好きな人と結婚すると幸せになれるんだって〜」

彼の本当の気持ちが知りたくて

そんなことを言った。

「俺はお前と結婚したいんだ」

それが返答。

結局私は二番目なんだ。

そう思うと涙が溢れ出た。

誰よりも大好きな彼だけど、

「ごめんなさい」

あなたの一番になれないのなら隣にはいられないの。

いちばん好きな人だから

「二番目に好きな人と結婚すると幸せになれるんだって〜」

どういうわけか彼女はそう口にする。

一番好きな人と結婚した方が

いいに決まっているのに。

「俺はお前と結婚したいんだ」

そんな噂は信じないという気持ちを込めて言った。

でも、

「ごめんなさい」と。

涙に滲んだ言葉の意味は今もわからないまま。

雨と喧噪

「雨好きなんだ〜」

そう言って身を寄せてきた君。

傘の幅はお日様のように笑う君との距離を
縮めるのに丁度良かった。

「雨が好き」

僕もそう言う。
雨は涙を誤魔化してくれるから。
君を失ってやけに広くて居心地が悪くなった傘は捨てた。
もう雨を遮る傘も照らす太陽もない。

「止まないな」

天気も心の雨も。

男の約束

結婚前、妻の両親に挨拶に行った時に、
終始口を閉ざしていたお父さんが
一度だけ口を開いたことがあった。
「娘が欲しいなら煙草を辞めろ。
そんなこともできない奴に娘はやれん。

できるな、男の約束だ」

そう言われてから二十年。

「今でも約束守ってますよ」

「当たり前だ」

あれから一本たりとも吸ってない。

平気なんかじゃない

安定してる関係だと思っていた。

だからこそ平気だって。

でも違った。

「もう別れよう」

涙に滲んだ言葉。

人付き合いだと言い訳して急に入れた飲み会も、
デート中に触るスマホの回数も
「いいよ」って全部受け入れてくれる彼女に
甘えていただけだった。
「次の恋人のことはちゃんと見て大切にしてあげなよ」

僕の影響

君の勧めるご飯も曲も好きになった。

君との共通の話題が欲しくて触れていたから。

「ふふ、好きになってくれて嬉しいなぁ」

そう呑気に笑う君。

でもそれがなんか悔しくて、聞いてしまった。

「じゃあ君は、僕の影響で好きになったものとかないの？」

一拍の逡巡《しゅんじゅん》を置いて、答えた。

「……あなたのこと、かな」

恋人の優先度

一日一通だけのＬＩＮＥ。
せめて通話の約束をと連絡するけど、
当日になって『飲み会入った』の一言。
これで今日の一通終わり。
恋人ってなんだっけ。

こんなに優先度が低いのに恋人でいるのは
抱くのに都合いいから?

『苦しい』

そう送った後輩からはすぐに心配の返信が来るのに。
私は貴方の物じゃないいんだよ。

三月十四日

「……付き合ってほしい」

三月十四日に告白された。

バレンタインのお返しかと思ったけど

どうやら違うみたい。

数年後には同じ日にプロポーズされた。

どうしてもその日に拘《こだわ》りがあるようで気になった。

「なんで三月十四日？」

口下手な貴方は恥ずかしそうに言う。

「円周率……」

「へ？」

「円周率に終わりはないから」

あいどる

これは気まぐれで入った飲食で耳にした出来事だ。

モダン焼きという名物を食べていると

背後から家族連れの会話が聞こえたのだけど、

娘さんらしい子の発言に場は凍りついた。

「アイドルって言葉怖いよね」

「どうしてそう思うの？」

「だってファンの〝愛を取る〟から〝アイドル〟なんだよ」

本当に末恐ろしい。

マスク越しの恋

流行病のせいでマスクが日常になった。

だから彼との出会いもマスク姿。

今更外した姿を見せられなくて、
ご飯にだって行けない。

「キスしよ」

今思えば彼からのこの言葉は
マスクを外そうという意味だったのだろうけど、
まさかのマスクの上からキスした。
今日こそは。
そう決意してマスク持たずに彼の元へ。

十年越しのプロポーズ

昔、遊園地のキャストさんがかっこよくて

「結婚してください」

と子供ながらに言ったことがある。

そんなの子供の戯言なはずなのに。

「あの時の返事をしに来たよ」

当時より大人の魅力と皺を深めた彼は言った。

「喜んで」

物心ついても想い続けて、遂には彼と同じ職場に就いた私。

勇気は夢を叶える魔法だ。

貴方のために

「可愛いね」
十年来の友達の言葉。
昔から一緒にいて、
もはや親友と呼べる相手なのに
突然そんなことを言い出した。

私が貴方にずっと憧れてるのを知ってて言ってるなら

ずるい奴。

どうにか仕返ししてやろうと考えた。

「貴方に見合うように自分磨き頑張ってるからね」

「……っ!?」

その驚いた顔が愛おしい。

後悔先に立たず

一人旅が趣味の私。
リゾート地で休暇を過ごしていると、
同じく一人旅の彼と意気投合した。
ただ失敗したのは連絡先を聞かなかったこと。

後悔を抱えながら一年後、再びそこへ足を運んだ。
すると偶然にも見覚えのある姿が。
運命だと言わんばかりに声をかけた。
のだけど。

「ごめん。今恋人と旅行中なんだ」

この人を好きになってよかった

出会いは偶然だった。
最初から気が合って息ぴったりで、
出会うべくして出会ったのだと思った。
付き合うことも同棲も、何もかも順調だったのに、
どうしてだろう。

気づけばすれ違っていて。
別れを意識した途端に
存在の大きさを再認識した。
もう元の関係には戻れないけど、それでも俺は、
そう思ってるよ。

彼のいない人生

「三十になっても売れ残っていたら一緒になろう」
彼はよく言っていた。

だからか、
誰と体を重ねても、言葉を交わしても
〝結婚しよう〟の一言だけは出なかった。

きっと彼に期待してたんだろう。

でも、

「私の存在じゃ人生の保険にもならなかったんだね」

身を投げ出したという歩道橋の手すりは

酷く冷たかった。

果たされない約束

二人で予定を書き合っていた
スケジュール管理アプリ。
これまで辿ってきた思い出と、
これから歩むはずだった約束が無機質に記されている。
「……どうしてだよ」

どうしてこんな結果に。
もういっそ、思い出も果たされない約束も、
その全部を瞬く間に忘れられた方が
ずっと楽なのに。
幸せな記憶ほど重く辛い。

左利き

会社の無愛想な先輩と
なぜか一日出かけることになった。

「……」

会話は弾まなかったけど、妙な居心地の良さがあった。

いつもの違和感がない、というか。

「あっ！」

気づいた。

左利きの私への気遣いが常にあったんだ。

「左利きなのよく知ってましたね」

「……いつも見てるから、お前のこと」

それはずるい。

タイプの人

「すみません、時間ありませんか？」

タイプで声をかけてしまった。

柄にもないナンパ。

「ふふ、お茶でもしましょっか」

上手くいったと思ったのだけど……。

「あれ……」

「気づいちゃった？」

よく見ると知った顔で。

「お前かよ……」

「妹にナンパする奴がどこにいる！」

五年もあれば人は変わってしまうらしい。

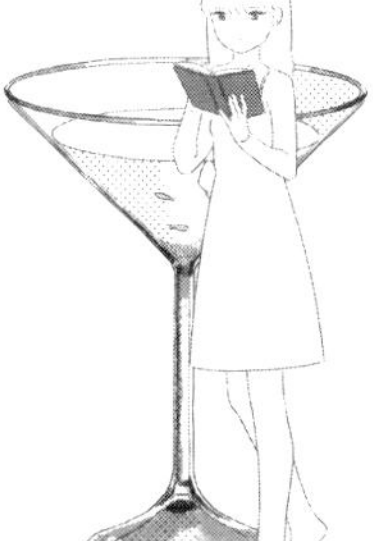

運命の片想い

出会ったタイミングが良くて、
実際会うと波長が合ってなんでも話せた。
帰り道に手を繋いで
去り際にハグをして。
それを安直に運命だなんて思ってしまった。

だけど、そう思ったのは自分だけなのかな。

「好きだよ……」

いつになったら君の心に届くんだろう。

一番近づけたのが初対面だなんて思いたくないよ。

メモの意味

出会った時から何事もメモ書きする貴方。

マメな性格なのかなと思っていた。

でも……。

「そういうことだったんだね」

最後のページに遺されたメモ。

「僕を使って君の夢を叶えてほしい」

奇病を患っていた貴方は

最期の瞬間までメモ帳を手放さなかったという。

作家を目指す私に遺した、

貴方と私だけの物語を。

努力の先

「君を好きな自分が好き」

それは貴方がよく言っていたことだった。

恋愛の本質だよ、なんて言って。

私の為に仕事を頑張って、
心優しく接してくれて、

家事もこなして、

そう努力できる自分が好きだと言ってくれた。

でもそんな彼の今の努力の先は……。

「パパだよ、パーパ」

必死に育児する姿も素敵だけどね。

夢を叶えたら

「次はテレビの中で会おうね」

幼馴染の彼と将来の夢を誓った。

私は役者で、彼は野球選手。

元気ですか、上手くやれていますか。

挫けそうな時、

彼も頑張ってるんだと思えて勝手に支えにしてた。

この気持ちに優しく蓋をして

いつか伝えられますようにと。

目指した姿で再会できるその日まで、今はさよなら。

運命だと思った

一目惚れだった。

性格も価値観も合ってすぐに恋人になった。

でも

「仕事が忙しくて、ごめん」

時間が合わなくて別れた。

落ち着いたらやり直したい思いは互いに合ったけど、そうならず。

ある朝

「誕生日おめでとう。もう会えないけどずっと大切に思ってた」

というメッセージ。

彼との記憶は大切な思い出だ。

素直なひととき

彼はよく私を居酒屋に連れて行く。

お酒強くない癖に。

「酔うと楽しいじゃん」

なんて言う。

知ってるんだよ、私がお酒入ってる時だけ素直になるからでしょ？

でもね、飲んでるのは

ウーロンハイじゃなくてウーロン茶。

こんな理由をつけないと貴方に素直になれないの。

だから今日も

「ウーロンハイひとつ！」

無責任な約束

「来年ここ行こう！」

二人して言い合った約束。

その約束が果たされると信じて疑わなかった。

でも別れた今、
それは単なる無責任なものだと知って。

積み上げた約束の数々が

この先叶うはずのない願いのように思えて惨めになる。

「嘘つき……」

私を捨ててまで付き合った子とも、

無責任な約束をしてるのかな。

リベンジ

「……好きです」

告白をされた。

長い前髪でほとんど目の見えない子だった。

なんとなく付き合ったけど、顔が見えないのが嫌ですぐに別れた。

それから三年。

「好きですっ。これで、どうですか……？」

それは綺麗な瞳の溌剌な子だった。

「えっと誰？」

「三年前に振られた女です」

……こんな可愛い奴だったっけ。

君の君による君の為の物語

ファンレターが届いた。

記載された住所にも名前にも見覚えがある。

「気づいてるわけないよな……？」

君への気持ちを綴っていたら
小説という形になって、気づいたらデビューしてた。

そうとも知らずに君は。
「ねね！　おすすめした小説読んでくれた〜？」
それは君を想って
僕が書いたものだと言ってやりたい。

これが運命？

何をしても気が合う二人だった。
考えや行動が被るのは日常茶飯事。
ただ些細なすれ違いで別れた。
それでも縁は切れなくて。

買い物先、上司との食事会、電車の中でまで。

どこでも遭遇した。途中からはもう笑い合う始末。

「これが運命？」

「お前となんて嫌だよ」

なんて言いながら
同じ指輪をして笑う二人。

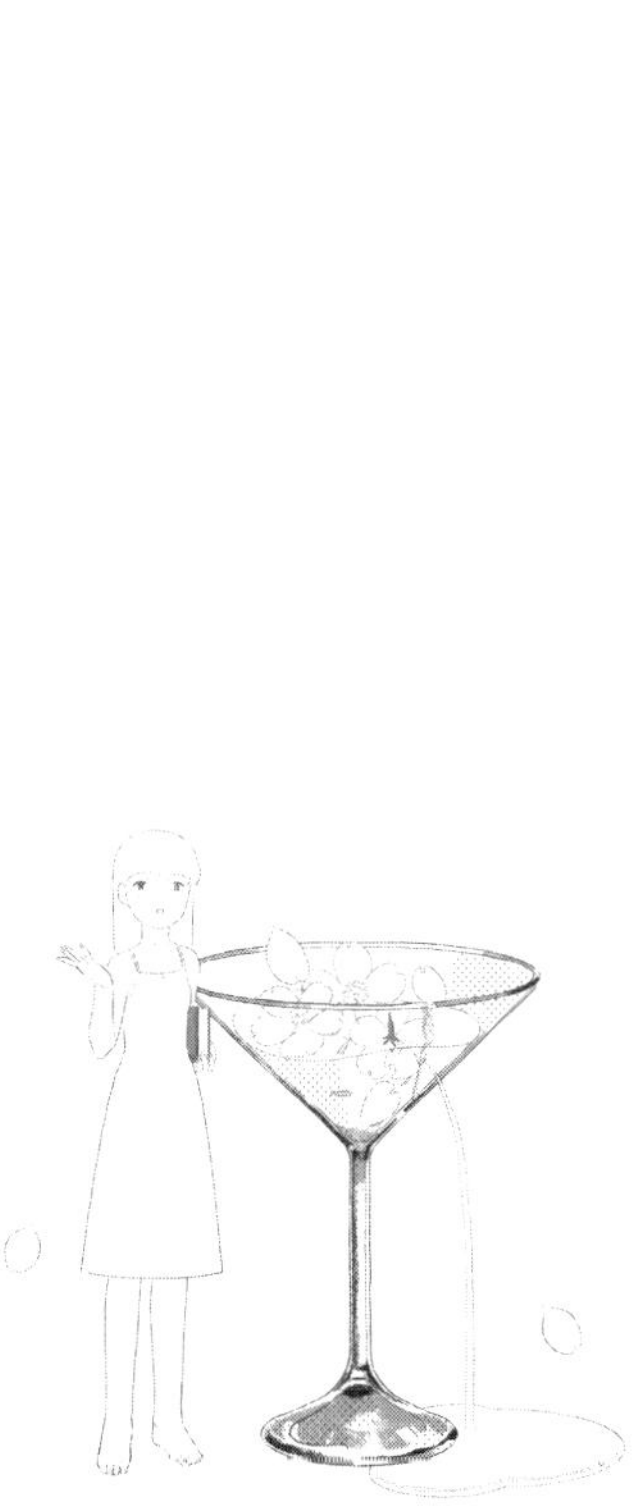

噂の終電の恋

「はぁ……」

重なるため息。

それは終電を逃した僕らのものだった。

「逃しちゃいましたね」

「ましたね」

君との最初の会話。
その流れで安いからとタクシー乗る提案をして、
家が遠いからやめて、結局二人でカラオケに行った。
そして今。
あの駅の終電を逃すと恋人ができるという噂は
二人の中で笑い話だ。

不満

話し合いをしなかったせいだ。
別れ話をした途端、
彼は私に対する不満や愚痴を爆発させた。
棘のある言葉だけど、
教えてくれてありがとうと思う。

「私？　私は不満なんて言わないよ」

そりゃそうでしょ？

これから別れる人のために

直すところなんて教えてあげない。

せいぜい次の人にも不満を持たれてしまえ。

それは好きの証《タグ》

今日は君との初デート。

この日の為に服も新調して気合いは十分、のはずだったのに……。

待ち合わせ場所に着いて、

服のタグを切り忘れていることに気づいた。

「終わったな……」

そんな俺に気づいた君は笑顔で近づいてきて、

すぐタグに気づいて、言った。

「今日の為に新しい服買ってくれたなんて嬉しいなぁ」

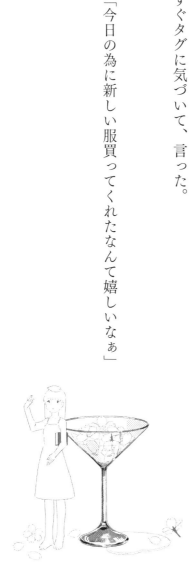

居場所

甘えるのも素を出すのも苦手で、
いつも疲れて別れてしまっていた。
きっと彼らはそんな繕った私を好いてただけ。
けど貴方の前では不思議とありのままでいられた。

「結構抜けてるところあるんだから無理に繕うなよ」

そう言った貴方。

初めて私自身を見てくれてるようで。

どんな私も受け止めてくれますか？

分水嶺

円満なカップルとは私達のことだった。
順調で結婚という言葉も意識してた矢先。

「母さんが倒れた」

家族からの知らせ。

これからは長女である私が母の代わりを務める必要があった。
彼との時間が作れなくて、別れた。

『結婚することになりました』
彼からの手紙。
あの時どうすれば今彼の隣にいられたかな。

恋人の未来

「恋人ってさ、別れるか結婚って未来しかないんだよ」

僕の告白に君はそう言った。

どうしてもその前者を考えてしまうみたいで。

でも気づけば付き合って五年が経った。

そろそろその選択をしなければいけない。

「僕と付き合ってよかった？」

「もちろん」

告白当時とは大違いと微笑みつつ。

「じゃあ僕と……」

もう遅いよ

「好きだよ」

同じベッドで背を向けたまま聞こえた言葉。

口下手な君がはじめて言ってくれた。

でもね、ごめん。

もう遅いんだよ。

もっと早く言ってくれていれば。

そんな引き留める為に言うんじゃなくて、
笑い合いながら言えてたら、この結果も変わったのかな。

「おやすみ……」

起きた時にはもう、さよなら。

「この人を好きになってよかった」

短編　さよならの話

プロローグ

ズルズルと、鼻水を啜《すす》る音がやけに大きく響いた。

深夜二時。

終電を逃した成人男性が人目を憚《はばか》らずに咽《むせ》び泣きながら、ただただひたすら線路沿いを歩いている姿はもしかしたらみっともないのかもしれない。

でも、止まらない涙を肯定するように、俺はなにも気にせずに泣いた。

こうして泣けていることこそが、少しでもあの時間、あの気持ちが本気だったのだと証明してくれているように思えたから。

幸いにも深夜の線路沿いに人気《ひとけ》はなく、存分に自分の感情に耽《ふけ》ることができた。

楽しかった。

幸せだった。

本物だった。


だからこそきっと、涙は溢《あふ》れて、こうしてぽっかりと心に穴が空いたように、形容し難い寂しさを抱えているのだと思う。

深夜の静寂《せいじゃく》に浸りながら、ただあてもなく歩き続ける時間は、悪いものじゃなかった。ただ、喪失感と虚無感と、それを内包した寂しさで足を止めてしまいそうになるだけで。

そんな寂しさを少しでも紛らわせてくれそうな音がひとつ。親友からの着信だった。「んっんっ」と咳払《せきばら》いをふたつしてから通話開始のボタンを押す。

「……もしもし」

どうにか泣いていることを悟られないように出るものの、なかなか平常時のようにはいかなかった。

『なになに、どうした⁉　泣いてんの⁉』

「別に泣いたっていいだろ……」

『いやだってお前、成人した男が終電逃して泣きながら歩いてんの、側《はた》から見たらやばいやつじゃん』

「それは言わない約束だ……」

『俺もう酒入ってるから迎え行けないからな？』

「いいよ、こうして話し相手になってくれるだけで。ありがと」

親友にはただ『終電逃した』とメッセージを送っていただけだから、ことの顚《てん》末《まつ》は知らない。まあ予想はついているかもしれないけど。

きっと予想していて、その上で俺が聞いてほしいと思っていることをわかって、聞いてくれる優しいやつ。
今だけは、こいつの優しさに甘えて、全部さらけ出してもいいよな。
そう思うと、もう口はなかなか閉じそうになかった。

『なにがあったんだよ、終電逃してひとりぼっちなくらいで泣くこともないだろうしな。聞くからなんでも話してみろよ』
「ああ……、聞いてくれよ、聞いてほしい話がたくさんあるんだ」

本当にたくさん。
君と出会って本気で好きになって、それでもこうして涙の別れをするまでの話。
そんな、どこにでもある恋の話を。

出会い

頭を少し揺らすたびに目元にかかる長い前髪。
常日頃、作曲のことばかり考えているからか自分の身の回りのことを疎《おろそ》かにしがちで、気づけば半年近く美容室に行っていない。

「さすがに邪魔だな……」

大学での単位をほとんど取り終えた俺は、空いてる時間のほとんどを作曲する時間にあてていた。今ではＳＮＳでの再生数も多少増え、アルバイト程度の収入はある。
作曲の活動もそうであるように、今の時代はほとんどのことはＳＮＳでできて

お手数ですが
切手をおはり
ください。

郵便はがき

104-0031

東京都中央区京橋1-3-1
八重洲口大栄ビル7階
スターツ出版（株）　書籍編集部
「すべての恋が終わるとしても－140字のさよならの話－」
愛読者アンケート係

（フリガナ）
氏　　名

住　　所　　〒

TEL　　携帯／PHS

E-Mailアドレス

年齢　　性別

職業
1. 学生（小・中・高・大学（院）・専門学校）　2. 会社員・公務員
3. 会社・団体役員　4.パート・アルバイト　5. 自営業
6. 自由業（　　　）　7. 主婦　8. 無職
9. その他（　　　）

今後、小社から新刊等の各種ご案内やアンケートのお願いをお送りしてもよろしいですか？
1. はい　2. いいえ　3. すでに届いている

※お手数ですが裏面もご記入ください。

お客様の情報を統計調査データとして使用するために利用させていただきます。
また頂いた個人情報に弊社からのお知らせをお送りさせて頂く場合があります。
個人情報保護管理責任者：スターツ出版株式会社 出版マーケティンググループ 部長
連絡先：TEL 03-6202-0311

「すべての恋が終わるとしても－140字のさよならの話－」 愛読者カード

お買い上げいただき、ありがとうございました！
今後の編集の参考にさせていただきますので、
下記の設問にお答えいただければ幸いです。よろしくお願いいたします。

ご購入の理由は？ 1. 内容に興味がある 2. タイトルにひかれた 3. カバー(装丁)が好き 4. 帯(表紙に巻いてある言葉)にひかれた 5. 本の巻末広告を見て 6. 小説サイト「ノベマ！」「野いちご」「Berry's Cafe」を見て 7. 知人からの口コミ 8. 雑誌・紹介記事をみて 9. 著者のファンだから 10. あらすじを見て 11. その他

本書を読んだ感想は？ 1. とても満足 2. 満足 3. ふつう 4. 不満

1カ月に何冊くらい小説を本で買いますか？ 1. 1～2冊買う 2. 3冊以上買う 3. 不定期で時々買う 4. 昔はよく買っていたが今はめったに買わない 5. 今回はじめて買った

本を選ぶときに参考にするものは？ 1. 友達からの口コミ 2. 書店で見て 3. ホームページ 4. 雑誌 5. テレビ 6. その他（ ）

スマホ、ケータイは持ってますか？
1. スマホを持っている 2. ガラケーを持っている 3. 持っていない

学校で朝読書の時間はありますか？ 1. ある 2. 今年からなくなった 3. 昔はあった 4. ない

ご意見・ご感想をお聞かせください。

文庫化希望の作品があったら教えて下さい。

生活の中で、興味関心のあること、悩みごとなどあれば、教えてください。

いただいたご意見を本の帯または新聞・雑誌・インターネット等の広告に使用させていただいてもよろしいですか？ 1. よい 2. 匿名ならOK 3. 不可

ご協力、ありがとうございました！

しまう時代。

もちろんこの伸び切った髪をどうにかするためにも、美容室の情報を得ようとSNSの海に浸《つ》かっていた。

「わからん……」

美容師ひとつとっても大量の情報が表示される。日本一予約が取れないだの、日本一のモテ髪だの、そんな細かな日本一ばかり謳《うた》われても違いがわからなかった。

そんな中、ふと目についたアカウント。ただ洒落《しゃれ》た髪型の写真を並べて投稿しているだけのアカウント。フォロワー数もどこぞの日本一と比べてずっと少ない。けれどなんとなく。あるいは変な商売文句で飾ってないところがよかったのかもしれない。気づけばその人にメッセージを送っていた。

『いきなりすみません。オシャレな髪をたくさん載せていたので詳しいのかなと思ってお聞きしたいのですが、おすすめの美容室ってありませんか？』

このアカウントが美容師のものなのかも定かではなかったので、予約をお願いするというよりはおすすめを聞くことにした。少し怪しかっただろうか。

そんな考えは杞憂《きゆう》で、程なくして返信が来た。

『メッセージありがとうございます。私の勤めている美容室はお客様に寄り添って髪型を決めていくので、誰にでもおすすめできますよ！』

莉子《りこ》さんというらしいその人は、どうやら美容師見習いだそうで、プロとしてハサミを握っているわけではないらしかった。それでもうちの美容室は忖度《そんたく》抜きでおすすめだと、その後も熱心に言うものだからついつい悪戯《いたずら》な言葉を言ってしまった。

『莉子さんが切ってくれるなら行きます』

『私まだお客様の髪は任せてもらえないんです』

『カットモデルってことで練習台になりますよ』

『そんな！　練習だって、お情けから友達に協力してもらっているだけなので……』

『じゃあ、俺のことも友達ということでお願いします』

　俺の一歩も引かない姿勢を感じたのか、ため息を吐《つ》いていそうな空白があった後、『わかりました。そういうことであればお願いします。閉店後の遅い時間になってしまうのですが構いませんか？』と折れてくれた。

『時間は何時でも問題ありません』

『ではカットモデルということで半額で切らせていただきます』

そうして伺《うかが》う日程を決めてその日のやり取りは終わった。

この時はまだ、突然連絡してきた人間にも押し通されてしまう押しに弱い人なのかなという印象と、柔軟に対処してくれたところから柔らかな優しさがある人だなという印象を、ぼんやりと抱いただけだった。

日々に追われていると気づけば美容室に足を運ぶ日になった。

「お邪魔します。今日はよろしくお願いします」

「いらっしゃいませ！　春輝《はるき》さんよろしくお願いします」

SNS上では下の名前だけでのやり取りだったので、初対面にしてはなんとなく距離が近いなと感じられた。

午後九時に閉店した美容室には莉子さんと店長と思《おぼ》しき人物がいるだけで、俺の来店を認めると「戸締りはよろしくね～」と店長すらもそそくさと店を出ていった。

「こういうのって、カットの出来を見て評価してもらうものじゃないんですか？」

「うちの店長、結構適当だからみんなに対してこんなものなんです」

そう苦笑気味に言いつつもテキパキと準備を始める。鏡越しに見えた目尻をくしゃっと皺《しわ》にして笑う莉子さんの表情がやけに好印象だった。

「まずはシャンプーからしていきますね」

そうして心地の良い指圧のかかったシャンプーから始まり、丁寧なカットで随分と重くなった髪が見違えるように姿を変えていった。

「もう半年近く切ってなくて。長いし量多くて大変じゃないですか？　ちょっと癖毛でもありますし」

「ふふっ、そうですね。そうですけど、むしろ練習になるのでありがたいです」

本心でそう言っているように見えるのだから、きっとこの子は真面目な子なのだろうと思わせた。

そうして髪を切っていく過程の中で、ふと自分の好きなアニメの登場人物の髪型に似ているタイミングがあって、それに反応すると。

「ええ！　私も今そう思って笑うの堪《こら》えてたんです！」

「自分で切っておきながら笑うのってどうなんですかー」

「すみませんっ、きっと出来栄えはいいので！」


そんなやり取りをしながら、アニメという共通の話題を見つけて。それ以降は、もう本当に自然に、まるで初対面ですらないかのように、話が弾んだ。半年も伸ばした髪だけど、少しでも今の時間が長引けばいいという思いから、もっと伸ばしてくればよかったとすら思ったものだった。

また来月とか、定期的に来ようとリピーターとしての気持ちが固くなっていた。

そうしてずっと話に夢中になりながらも散髪は進み、気づけば髪のセットまで終えられていた。

鏡の向こうには見違えるほど好青年になった自分が映っていて、髪の与える印象に素直に驚いたものだった。

「すごい、めちゃくちゃいい感じです。これでプロじゃないとか、プロはどんな技術を持ってるんだ」

「それは言いすぎですっ。でも、確かに、過去一の出来栄えかも！」

お互いに納得しながら会計に進む。元々はカットモデルとしてなので半額とのことだったが。

「では、これでお願いします」

「え、いや、半額ですっ」

「いいえ、これでお願いします」

定価の料金で出された彼女は少し戸惑っているようだったので、言葉を付け足した。

「俺は今の髪にすごく満足してます。正直、今まで行った美容室の中で一番しっくりきた。それに話していて楽しかったので、そんな技術と時間を提供してもらって半額というのは、俺が納得しません」

「ええっと、あの、はい……。ありがとう、ございます」

嬉しさからなのか顔を真っ赤に染めて俯《うつむ》いてしまった。

笑顔が印象的だとは思っていたけど、このコロコロ移ろう表情が可愛らしいなと、もっといろんな表情を見たいなと思って、言うつもりのなかった二の句を継いでしまう。

「あの、カットモデルって客としてというよりは友人として、でしたよね？」

「そうですね？」

「じゃあ友人としてなら問題ないですよね」

「うん？」


その確認すらずるいなと自覚しつつ、それでも客としてだと誘いづらいから仕方ない。


「一緒に映画、観に行きませんか？　さっき話してたアニメのやつ、今やってるんで」

「え、え、えっ」

「これは客が店員さんを口説いてるんじゃなくて、友人から一歩踏み出そうとしてる健気《けなげ》な男が必死にデートに誘っているんです」

もう自分でなにを言っているのだろうという感じだが、まあその通りだった。
恐る恐る彼女の様子を窺《うかが》うと。

「ふっ……」

一息吐き出して。

「あははっ、変なの！　どっちにしろ私口説かれてるし！　ふふ、いいですよ、お客さんじゃなくて友達としてですもんね、行きましょ映画！　私も丁度観たくて、一緒に行く人もいなかったんです」

目尻にさっきよりも深い皺を作りながら、愛嬌《あいきょう》のある笑みを見せる莉子さん。
初対面なのにそんな気がしない心地の良さも相まって、途中からは髪を切られるという目的が、彼女と話をするという手段に変わっていて。
つまり異性として意識してしまっていた。
これが福原《ふくはら》莉子との、最初の出会いだった。

関係

結局、あの後は映画に行く予定を立てるために通話をして、後日すぐに映画デートを楽しんだ。

本当に気が合うみたいで、沈黙なんてほとんどなく、会っている時間だけじゃ話し足りなく仕事終わりに通話するのが日課になった。

そんな毎日の中、彼女は体調を崩してしまい、どうやら仕事を休むほどつらいみたいだった。

「熱何度?」
『38・4〜』
「がっつりだね」

『がっつりだよ〜』

珍しく昼間からの通話。作曲の手を止めて、彼女の様子を窺うように言葉を紡ぐ。

もう敬語を使う距離感ではなく、それでも友達のような妙な気軽さもなく。異性としての意識が少しこもった中途半端な距離感。いわゆる、友達以上恋人未満といったふうだった。お互いの呼び方だって、親しいものに変わっていて。

この距離が楽しくももどかしかった。

「そんな熱あると外には出れないね」
『出れないねぇ』
「必要なものがあれば持っていくけど。まあ、そういうの持ってきてくれる同僚とか友達とかいるか」

美容師になろうと上京してきた彼女は、気軽に家族に頼るということはできない。きっとこういう時は友達とかの助けを借りていたんだろうなと。

『いるけど……』

「うん」

『でも、持ってきてほしい』

「それって、家教えてもらうことになるけど」

『わかってる』

「俺でいいの？」

『うん、春くんがいいの』

必要なものを買い込んで、はじめて降り立つ駅へ。駅に着いてからは通話で丁寧に家までの道程を教えてもらう。

「ここの川沿いを真っ直《ます》ぐ」

『そうそう！　その道はね、桜並木になってて春になるとすっごい綺麗なんだよ！』

そんなふうに彼女は住んでいるところの魅力も一緒に伝えてくれるのだった。

心なしかさっきよりも元気になっている気がするし、そんな話をされると『次の春は一緒に見たいな』なんて言われているみたいで、どこか期待してしまう。

まあ、病人の看護に行くというのが最大の目的なのだけど。

『右折したら、目の前に白いアパート見えると思うから、そこが私のお家！　そのまま二階に上がってきてね』

そうこうしているうちについに彼女の家に辿《たど》り着いてしまった。気になっている異性がひとり暮らししている部屋。そう考えると意識してしまう。ただ必要なものを買ってきて、お見舞いして帰る、それだけなのに。

部屋の前に着くとひと息溜《た》めてからインターフォンを押す。ピンポーンという軽快な音が、むしろ緊張を高めるようだった。時間にして二十秒程。なんとなく室内から物音がしたと思うと、次には扉を少しだけ開けて顔を半分だけ覗かせるパジャマ姿の莉子が現れた。

「……いらっしゃい。どうぞ、入って」

妙に頬を赤らめているのは、さすがに発熱のせいだよな、なんて考えながら「お邪魔します」と。ひと足踏み入れただけでどうしても異性だと意識してしまった。男子部屋ではまず一致しない匂い。それが無防備な鼻腔《びこう》を掠《かす》めたせいだ。

ソワソワする気持ちを内に秘めつつ、体調の様子はどうか聞いたり、買ってきたものを渡したり必要なことをする。

「えっと、多分必要なものは渡したし、少しは元気ありそうなのも確認できたし、俺はもうお役御免かな」

「そんな、もう少しゆっくりしていきなよ。病人の隣だから移っちゃうかもしれないけど、それでもよければ……」

「それじゃあ、お言葉に甘えて……」

とは言うものの、二人してソファに腰掛けているだけで、特になにをするでもなかった。ただソワソワした気持ちを抱えたままで視線だけが宙を彷徨《さまよ》う。

「お腹《なか》とか空《す》いてない？　プリンとゼリーは買ったけど、もし食べられそうだったらお粥《かゆ》か雑炊作るけど」

「わ、嬉しい。実はすっごいお腹減ってて、お腹鳴らないかずっと心配してたの」

なんて苦笑気味で言う莉子の表情があまりに可愛く見えてしまって、どうにか平常を装う。

「じゃあ莉子はベッドで横になって待ってて。座ってるより横になってる方がいいと思うから。キッチン勝手に使っても平気?」

「ありがとう。好きに使っていいよ。今はねー、体に良いものというよりは美味《おい》しいのが食べたい!　お粥よりちゃんと味のある雑炊がいいな」

「結構元気そうだな。では、莉子さんの仰《おお》せのままに」

恭《うやうや》しく一礼するように大袈裟《おおげさ》に反応すると「なにそれー」と笑う彼女。

この温度感が心地良かった。

料理はある程度普段からやるので、キッチンの勝手と食材さえあれば軽いものなら大体作れる。幸いにも彼女のキッチンには調味料が潤沢に揃っていたので、彼女の言うちゃんと味のある美味しいやつは作れそうだった。

結局出汁《だし》の味を調味料に任せた、卵雑炊を作った。


「ほら、できたよ。めっちゃ簡単に作ったやつだけど、味は悪くないと思う」

「ありがとう〜。めっちゃいい匂い、うちにある食材でこんな美味しそうなの作れちゃうんだ」

「大袈裟だね」

「ふふ、言いすぎた」


なんて軽口を叩きつつ、次々と雑炊を口に運ぶ彼女。よほど空腹だったのか、よほど美味しかったのか、ある程度量のあった雑炊も、あっという間に完食だった。


「ご馳走様でしたっ。ほんと美味しかった」

「お粗末様でした。よかったよ。それだけ食欲あればすぐ復活しそうだね」

「むっ、病人のくせに食いしん坊だとでも！」

「ちょっと思った」

「あーあ、そういうこと言っちゃうんだ〜」


そうして同時に吹き出して。まだ出会って日も浅く、会った回数だって数える程度なのに、この和やかな時間を過ごせているのはきっと人としての相性がいいからなんだろうなって思えて。

「雑炊でこんなに美味しいなら、他の料理もすっごく美味しいんだろうな〜」
「良ければ今度作りに来るよ」
「仕事終わりにこんなご飯が待ってたら幸せだろうな〜」
「だから作りに来るって」
「そんな日が毎日のように来ればいいな〜」
「…………」

そこまで言われてしまえば、さすがに意図は察せられた。毎日ご飯を作りに来てもおかしくない関係性になりたいと、つまりはそういうことなんだろう。
そして、俺もまた、彼女に対して同じようなことを思っているんだから、踏み出さないわけにはいかなかった。

「じゃあ、俺がいつでもご飯作れる関係になるっていうのはどう？」

「素敵だけど、どういうことですか？」

わかってるくせに、明確な言葉を求める彼女。観念するしかない。

「……俺と恋人になるっていうのは、どう？」

「とってもとっても素敵なことだと思います……」

「じゃあ素敵な関係になっちゃおうか」

「……うん」

前言撤回。

ただお見舞いに来ただけでは済まなかった。

「熱に浮かされて、とかだったらさすがに怒るからな」

「大丈夫。今も、熱が下がった後も、私はもう春くんのこと好きだよ」

面と向かってそう言った莉子。嬉しさと恥ずかしさでどうにかなってしまいそうだった。それでも、俺も負けじと言葉を返す。

「風邪って、移した方が早く治る、なんて言うよな」

「そんなの迷信でしょ〜」

「いいや、早く治るんだよ。というか、移しておけ」

半ば不意打ちで、でも受け入れてくれることを確信しながら、キスをした。

戯れるように少し触れ合って、そうして向こうから離れた。

「……本当に移っちゃうからダメ。これより先はまた今度」

「……はい」

そんなずるい言い方されたら、俺みたいな情けない返事をしても仕方ないと思うんだ。未来を期待させる言い方は、いつだってずるい。

後日、莉子はすぐに回復した姿を見せ、開口一番に「好きだよ」と言った。まるで、熱に浮かされたわけでも夢だったわけでもないよ、と言うように。

そうして俺たちは恋人同士になった。

幸福

莉子との恋人関係は、文句のつけようがないくらいに順調だった。

付き合って直後に俺の誕生日があったのだけど、付き合ってすぐだし押し付けがましい気がして、その話題には触れていなかったのに、盛大に祝ってくれた。

仕事が忙しいはずなのにお祝いのご飯を作ってくれていて、取り寄せたケーキと、プレゼントの香水まで。

「この香水の香りが似合うパートナーになってね」

なんていう言葉がトドメだった。

「莉子、ありがとう。似合う男になるよ」

そう言って強く抱きしめた。少しでもこの嬉しさと好意が伝わればいいなという思いを込めて。この身長差も感触も匂いも、すべてが愛《いと》おしく感じられた。

今の自分も認めてくれつつ、より良くなってほしいという期待も込めてくれる。こういう相手がいい恋人っていうんだろうなと、そう思った。

それなら俺もいい彼氏になろうと、その後は増して莉子宅にお邪魔し、ご飯を作って仕事の帰りを待つことが増えた。少しでも素敵なパートナーであろうという気持ちでの行動だった。

そんな日々が日常になって、一緒にいることが当たり前になっていく。

春はすぐにやってきて、例の桜並木を一緒に歩いた。

彼女がいれば毎日が充実した。

何事にも意欲的になれて、お互いに仕事も今まで以上に上手くいくようになった。

そんな時間を過ごしているうちに、こんな言葉が出るのはもはや自然なことだったと思う。

「こんないつも来てもらって申し訳ないし、もういっそ、一緒に住めるお家に引っ越しちゃおっか」

それは莉子の言葉だったけど、もはや俺としても同じ気持ちだっだ。もっと自然と一緒にいられる時間が増えるというのは二人にとって素敵なことのように思えた。

仕事が順調な二人からしたら、引っ越しという一大イベントも現実的で、それはすぐに実現した。１ＬＤＫというのは二人で暮らすには狭いようにも思えたけど、お互いの生活時間の都合もよく、それで十分だという判断だった。作曲をしている自分としては仕事する場所を選ばないので、自然と彼女の職場に通いやすい部屋を選んだのだった。

同棲が始まって、それは幸せな毎日だった。仕事が忙しかったからデートは月一回だったけど、一緒にいる時間はちゃんとあったし、お互いの仕事を尊重して目標を達成した時はプレゼントを贈り合ったりもした。仕事終わりに一緒にご飯を食べてから寝るまでが二人の主な時間で、一緒にアニメをたくさん見た。三百話くらい見たかもしれない。

日々の中では一緒に仕事の話をすることもあった。莉子の職場の人間関係の愚痴を聞いたかと思うと、次には最近の楽曲への文句だった。

「最近の曲はさー、なんというか、恋愛、特に失恋なんかの悲しい曲は、その出来事を脚色して美化しすぎなんだよ！　そんな悲しいことばかりじゃないと思うし、逆にそんなに美しいものでもないと思うね！」

「それ、作曲家の恋人に言っても平気？」

「春くんには、この失恋ソング界隈《かいわい》に一石を投じてほしいね！」

アルコールが入って、いつにも増して饒舌《じょうぜつ》かつテンションが高い恋人だった。

「わかった。俺がそんな綺麗ごとばかりじゃない、もっと臨場感とかに溢れる恋愛ソング、書くよ」

「うんっ！　楽しみにしているからね！」

そんな二人は互いを高め合える存在でもあったように思う。

そうして自然と幸せな時間は過ぎ去っていった。

すべてが順調だと、そう感じていた。

でも、どうしてだろう。

知らぬ間に糸がほつれているように、そんな日々の中に潜む違和感の影は、次第に大きくなっていた。

違和感

気づけば何度となく二人で季節を越した。
弁当を一緒に作って花見をした。
相合傘をして仲良く身を寄せ合った。
二人して浴衣《ゆかた》を着て花火大会に行った。
台風の日には家の中でのんびり過ごした。
紅葉のライトアップを見に行って。
京都に旅行なんかもした。
クリスマスは二人で盛大に準備して愛を囁《ささや》き合ったり。
手を繋いで年を越した。
そうして築いてきた時間と関係。

でも。

この幸せな日々に慣れてしまって、当たり前だと感じるようになった、そのせいだろうか。

その違和感を最初に感じたのはあるデートの日だった。


「そろそろ行くよー」

「待って待って、まだ全然準備できてない！」

「予約しちゃってるから遅れないでって言ったじゃん」

「……ごめんって」


同棲前までのデートでは、遅刻なんてこと一度たりともお互いにしたことなかったのに、気づけば時間にルーズなことが増えていた。

「あっ、ごめん、編曲担当してもらってる人からの仕事の電話だ……」

「いいよいいよ、仕事のことなら仕方ないって。出てきなよ」

「ほんとごめん」

「いいから」

デート中でも、仕事のことを考えてしまうようになったのも、同棲してからだった。

最近、ありがとうと言うことが減った。好きだよの言葉も聞かなくなったし、体を重ねる機会も乏しい。逆に、ごめんねの言葉と文句は増えた。

一緒には暮らしているものの、妙な心のすれ違いを、お互い感じていたんだと思う。

明確な理由はわからないけど、でも気づけばそのすれ違いは大きくなっていき、二人して見ないふりを決め込んでいた。

そうしているうちに、自然とお互いの時間よりも仕事を優先するようになって。

向かい合って寝ることが減った。

同じベッドで寝ることが減った。

生活時間が合わなくなっていった。

１ＬＤＫを狭いと感じるようになった。


「好きだよ……」


たまに呟《つぶや》くその言葉は、今まで自然に言っていた純粋なものではなく、今まで一緒にいた人が離れていってしまうのではないかというある種の恐怖感から出るもののような気もした。

長く一緒にいて、愛着が湧いて、だからいなくなった時の喪失感を恐怖する。

好きと恋人に言うことを、こんなにも寂しく思うことがあるなんて知らなかった。

お互いに、お互いを大切に思っているのは間違いない。叶うことなら上手くいっていたあの瞬間に戻りたい、戻したい、そう思っていた。

けれど、ほつれた糸が、時間の経過とともに様々なものと絡み合ってしまって解《ほど》けないように、俺たちの拗《こじ》れた関係も、上手に解くことはできなさそうだった。

最初綺麗に結ばれていた赤い糸は、今となっては、上から様々な色のものと絡み合い、元に戻すことが難しいことくらい、わかりきっていた。

俺たちを結ぶ糸は、今何色なんだろう。

決別

その頃には一緒にご飯を食べるということもほとんどなくなって、週に一度、決めた曜日にだけ俺がご飯を作って莉子の帰りを待つという日があるだけだった。

それも半ば事務的な、機械的な作業のように思えて、少し虚《むな》しくなった。

「今日も美味しい、ありがとう」

「いいえ」

感謝の言葉はいつもあって、それも莉子の魅力だった。

けど、食卓での会話もめっきり減ってしまって、なかなか会話が続かない。食事中のほとんどが黙々と食べているだけ。テレビの音がどうにかその空間を繋いでいるようだった。

ただ、そんな日のことだ。

「春くん、お話しよ？」

神妙な面持ちでそう口に出したその言葉で、おおよそなにを話したいのかは察せられた。

「うん、久々にちゃんと話そうか」

「へへ、ありがと」

話し始める前から、莉子の目元は危ういほどに潤んでいた。俺も、返答の声が震えていたかもしれない。

「思い出話したいな〜って」

「そういうのもたまにはいいかもね」

驚くほどに穏やかな時間だと思った。

ここ最近、取り戻したいと思いつつも諦めていた、そんな時間が今になって戻ってきている。一時的な錯覚なのだろうけど、このままあの頃のような時間を取り戻せれば、なんて願ってしまう思いだった。

「出会いは春くんからの突然のメッセージだったよね。あれは正直驚いたし、結構怪しかったんだから。私が今くらい重宝されてる美容師だったら返信しなかったかもしれないよー？」

「やっぱ、あれは怪しかったよなー、俺もちょっと心配してたんだけど案の定だったかー」

今だからこそ言えること、そんなことを言い合って笑い合って。やっぱりこの人と笑い合える時間はしっくりくるなと再認識させられる。

「それからなんか、変なふうに口説いてきちゃってさー。なにあの口説き文句、つい笑っちゃったもん」

「俺も、この機会を逃さないようにって勢いで言ったことだったから、自分でなに言ってるかわかってなかったからね」

「ふふっ、でもね、確かに変だったけど、嬉しかったの。嬉しくて、この人ともっと話してみたいなって思って、それで誘いに乗ってみた」

「感謝してるよ。でなきゃ、こうして付き合って、幸せな毎日を過ごせなかったと思うから」

どうしてか、素直に口が動く。いつもなら小っ恥ずかしくてはぐらかしてしまうような言葉なのに。

それを聞いた莉子は、声を震わせて、目尻に涙を溜め、耐え切れずすーっと一筋流してしまっていた。

「どうして、こう……今更そんなこと言うかなぁ……」

今更という言葉が、もう先はないんだと、そう告げてきているようで途端に怖くなった。

やっぱり無くしたくない、その思いが一層強くなる。

「俺たちさ……」

またやり直そう、そう口にする前に莉子の言葉が遮《さえぎ》った。きっと、俺がなにを言い出すのかを察したんだろう。

「仕事はお互い忙しかったけど、それでもずっと一緒にいたね。充実してたね。楽しかったね」

涙に濡《ぬ》れた言葉は、どれも本心で言ってくれているのがわかった。莉子もきっと、またあの時に戻れたらと、そう思っているんじゃないかと。

「たくさんありがとう。ご飯本当に美味しかった。いつも作ってくれてありがとう」

その過去形が嫌だと思った。

「デート前、いつも準備遅くなっちゃってごめんね。でも、春くんと一緒にいる時に仕事の電話出られるの、ちょっと寂しかったんだから。まあ、いいんだけどね」

その諦めたような口調を嫌だと思った。

「それでも、本当に、本当に楽しかったよ。一緒にいられて幸せだった。出会えて本当に、よかった……っ」

離れるのが心底、嫌だと思った。

だから、引き留めようと。

「莉子……っ！」

「…………」

それでも、彼女の表情を見て、その決意した涙で濡らした目を見て、わかってしまった。もう引き返せる場所にはないんだと。

綺麗に終わりにしようと、その目が語っていた。

だから。

「私たち、別れよう」

「……ああ」

頷《うなず》くことしかできなかった。

こちらこそありがとう。

たくさんの幸せをありがとう。

出会ってくれてありがとう。

俺からもたくさん伝えた。どうにか、涙だけは流さないように。

「別れることになったのを後悔させられるくらい、すっごく可愛くなるんだからっ」

「俺だって、もっともっと有名になって活躍して、別れたことを後悔させてやる」

そんなふうに決意表明までして。ここまで言えて話せる相手だったなぁと思い出す。

この子と付き合えて、心からよかったと思う。

「最後にさ、ぎゅーしてもいい？」

「ああ、いいよ」

何度もしたハグ。もうその身長差も、体格も、ふわりと香る匂いも、その全部が俺にとってしっくりくるものになっていて。離したくないと強く思って。

それでも、最後には離れた。離れて、それで、この関係は終わりなんだと悟《さと》った。

「本当に今までありがとう」

「こちらこそ、本当にありがとう」

きっと、ありがとうを最後に言える関係に、悪いものなんてないと思った。

莉子の職場の近くを選んだのだから、自然と部屋を出ていくのは俺だった。

俺の荷物だけ一式持って、二人で暮らした部屋を出た。

思い出がたくさん詰まった場所。

積み重ねた記憶が大きければ大きいほど、多ければ多いほど、重く深く心に刻まれてしまうんだなと。

最後にもう一度お礼を言って、俺は家を出た。お揃いのパジャマにマグカップ、そういった二人で使ったものばかりが入った手提げを持って。


もう終電はないだろうな。

ネカフェかホテルにでも泊まるべきか。

なんだか、途端に寂しいな。


まるで胸の中央部に大きな穴が空いて突如として空白ができたような。

気づいた時には深夜の道を歩きながら泣いていた。大の大人が、惨《みじ》めにも咽び泣いていた。

なかなか定まらない手元で、深夜に『終電逃した』とだけ親友に送って。

そうして、どこにでもありふれたような、それでも俺にとってとても大事な恋は終わった。

エピローグ

経験したことはすべて過去になって。

忙《せわ》しない日々が次々と流れていった。

作曲の活動は軌道に乗り、今では街中でもちらほら自分の曲を耳にするようになるなど、この上なく順調だ。

そうしてここ最近はずっと仕事に傾倒《けいとう》していたせいで、気づけば髪が伸び放題だ。

「さすがに邪魔だな」

久々の美容室。

きっと、美容室のことを考える時には決まって彼女のことを思い出してしまうから、無意識のうちに髪のことを後回しにしているところもあるのかもしれない。

せっかく仕事もうまくいっているのだし、美容室くらいいいところに行こうと、自分の記憶の中でも聞き覚えのある有名店に行くことにした。

「ちょっと緊張するな」

洒落た店を前に少し緊張の心持ち。付き合っていた頃は彼女に切ってもらっていたから、個人的に美容室を使うのは久々だった。

「思い出すのは、仕方ないよな……」

彼女とはじめて出会った美容室ではなくて、彼女が働きたいと言っていた憧れの美容室。

莉子が憧れていた美容室なんだし、間違いないだろうという気持ちと、仕事が順調だからこそお先に憧れの美容室行ってやるぞ、なんて気持ちがあった。

よしっ、と気を引き締めて、店の扉を開ける。

来店を知らせるベルがなり……。


「いらっしゃいませーっ！」

そんなよく通る、聞き慣れた声で、出迎えられた。


「えっ」

「あっ」

ある店員さんと目が合って、そうして、互いに動きを止めた。

「……予約した春輝です」

「今日担当させていただく、莉子といいます」

不自然な沈黙の中、『夢を叶えて再会しよう～』なんて歌詞が店内に流れる。

彼女と別れて、そのままの気持ちで書いた俺の代表曲だった。

「憧れの場所まで来れたんだね」

「そっちこそ、この曲いっつも流れてて覚えちゃったもん」

「いつか言ってた、臨場感溢れる恋愛ソングを書いてみましたけど」

「どう考えても私との時間を書いた曲だよね」

「でも評判いいよ」

「すっごい複雑な気持ち……」

でも、と。


「それ以上にいい曲だよ」

「うん。俺も気に入ってる。莉子と出会えたから書けた曲なんだ」

「私と出会えたからかぁ。じゃあ、あの時間はなにも無駄じゃなかったんだね」

「もちろん」


お互いに讃《たた》え合って、二人して破顔した。

あの日から、前を向いて進んでいる。

清々《すがすが》しいほどに、後腐れなくて。

こうして再会できたことを嬉しく思うくらいに。

後悔も未練もない。
ないけど、やっぱりこう思うんだ。
この人を好きになってよかった。

完

特別対談　冬野夜空×小説紹介くう

「140字小説と恋愛小説」

あとがきにかえて、インスタグラムフォロワー数11万人超の小説紹介をされているくうさんをお招きした特別対談です。以前から親交のあるふたりが『140字小説と恋愛小説』をテーマに本作の魅力や見どころについて語り合いました。

インスタでつながった、二人のクリエイター

くう「最初の出会いはインスタでしたよね？」

冬野「インスタでしたね」

くう「冬野さんのインスタの投稿がすごい綺麗だなって思ってメッセージを送らせてもらったんですよ。そこからやりとりして、インスタライブ

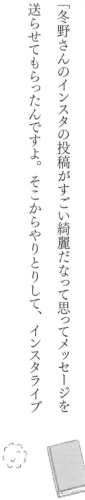

をやりませんかとなって。インスタライブの前にルームもしましたよね？」

冬野　「しました！」

くう　「そこでめっちゃ喋りましたよね、初対面なのに」

冬野　「あのときは、ほんとに喋りましたね」

くう　「そのあとインスタライブをしたので、出会ったのは二〇二二年の十二月ですね。最初、なにを話しましたっけ？」

冬野　「話の半分くらいは、くうさんからインスタの投稿の仕方や作り方を教えてもらったのが最初だった気がするなぁ」

くう　「冬野さんがインスタに注力する手前の段階で、インスタの内容とか投稿のデザインを、こういうのがいいんじゃないかなってお話させていただきました」

冬野　「私のインスタはくうさんがいないと成り立っていなかったですね。まわりでは、くうさんはこの業界の頂点にいるって認識ですよ」

くう　「いや、そんなことないですよ。ありがとうございます」

第一印象は「賢い」。同じ感性を持っていた二人

くう　「僕は二〇二〇年の二月から、インスタグラムで小説の紹介を始めまして、『一番オシャレな世界観で小説を紹介する』というのが最初に掲げたモットーです。そこから本グッズ専門のブランドを作りたいと思うようになりました。

きっかけは本屋さんのショーケースに並んでいる高級なブックカバーで、高くて手が出しにくいなと思ったときに、それ以上の品質でもっと安くできないかなって考えて、自分一人で頑張ってみたらできるんじゃないかなと思って、『EABANI《エアバニ》』ってブランドを立ち上げました。今、二十一歳で、始めてから三年目です」

冬野　「私のくうさんの第一印象は、賢い（笑）」

くう　「（笑）」

冬野　「求めている結果をもとに、そこにどうたどりつくかという段階をふまえている人間だなって印象でした」

くう　「めちゃくちゃうれしいです（笑）。言葉の本質を理解したときに、一気にうれしくなりますね」

冬野「あと、野心がある人だなって。それは出会ったときというより、今の印象に近いですけど」

くう「いやーめっちゃわかってらっしゃって、うれしいです」

冬野「だから、この人とは気が合うだろうなって、ずっと思ってましたね」

くう「そうですね、めっちゃ合いますもんね」

冬野「思考が似通っている部分が多いというか、話が合う。気が合う」

くう「僕から冬野さんの印象ですが、感覚型なうえに論理的な思考も掛け算されているなと。需要と供給も意識したうえで、いろんな裏側もちゃんと考えているっていうところが凄いなというのもありました。あとは多才なんですよね」

冬野「多才（笑）」

140字小説は有限で無限

くう　「僕、140字小説って初めて読んだんですよ。で、どうやって面白さを表現していくんだろうってところから入って、長編小説っていうのは文字数の制限がない、無限の空間じゃないですか。この140字小説っていうのは、有限の空間の中で、表現の可能性は無限にある。俳句とか短歌と一緒で、限られた文字数のなかで、どれだけ個性とか面白みを表現することができるのかという新たなジャンルだなと。これは今後の主流になっていく可能性もあるなと思いました。冬野さんの『恋愛小説×切ない』ってところが凝縮されたような、集大成だなと思いました」

冬野「ありがとうございます。逆にそこまで深く読まれていると、うれしい反面恥ずかしいっていう気持ちもあったり。逆に言うと有限の空間で書いているものだからこそ、受け手の受け取り方も広い。描写しすぎていると受け取り方がせばまるところもあるので、有限だからこそ、ある意味いい空白があって、考察の余地があるというか。そういうところが１４０字小説の楽しみ方というか、面白いところだと思います」

くう「１４０字ってせまいようにみえて、めちゃくちゃ広いって思いました。冬野さんの感性を一個の作品にした、芸術に近いなって思いました」

恋愛小説との出会いと、泣いた作品

くう　「僕が小説を読み始めたきっかけは、中学三年生の朝読書のときに、小説好きな担任の先生にお勧めを聞いたんですよ。そしたら、有川ひろさんの『レインツリーの国』を読んでみたらどうって言われて。そこから『図書館戦争』とか、有川ひろさん作品に広がっていったって感じですね。」

冬野　「読書の入りは二つあって、一つは『ソードアート・オンライン』。学生時代にアニメにハマって、先が気になるということで原作を買って読み始めたのが一つ。

もう一つは、三秋縋さんの『三日間の幸福』。それを読んで恋愛小説って面白いなと思いました。最初はファンタジーやＳＦをメインに小説を書いていたんですけど、三秋縋さんの作品と出会ってから恋愛小説もいいなと思って、執筆の合間に恋愛小説も書き始めたという感じです」

くう

「泣いた作品はいっぱいあるんですけど、映画原作の『花束みたいな恋をした』がすごく好きです。出会いと別れを描いた作品なんですけど、二人が出会ったときの記憶、最初の思い出から物語が始まるんです。出会いと別れの間の五年間を描いていて、覚悟はしていたんですけど、最後、泣きましたね」

冬野

「刺さった作品は、七月隆文さんの『ぼくは明日、昨日のきみとデートする』ですね。あれを超える切ない設定はいまだに出会ってない

です。純粋に創作としてやられた感もあって好きです」

くう　「たしかに、死ぬほど泣きましたね、あれは」

冬野　「しかもページ数が結構少ないうえに、軽めの文章で書かれているのに、あそこまで泣かされたのがすごいなと思って」

くう　「最初のなぜ涙を流しているんだろうってところは、最後まで予想できなかったです」

冬野　「あの設定を思いつく人は他にいたかもしれないけれど、あそこまで完成しているものを書けるのは七月さんしかいないなって感じで、やられたって作品ですね」

恋と愛の違いは見返りを求めるか求めないか

冬野　「恋と愛の違い、うーん、もちろん恋愛ごとにありますし、全部がそうではないですけど、端的にいうなら、見返りを求めるか求めないか、かな」

くう　「無性の愛ってやつですね」

冬野　「〝自分がしたいから〟が『愛』で、〝同じモノが欲しいから〟が『恋』かな」

くう　「恋は自分が喜ぶ、自分が満足する、が一番にあると思うんですよ。けど、愛っていうのは他人を思いやる愛情。他人を思いやるときに、初めて愛に変わるのかなという感じがしました」

冬野　「深いです。これだけで、インスタライブで一時間くらい話せます（笑）」

冬野さんに「ふたたび前を向こうとする瞬間」を描いてほしい

くう　「僕が冬野さんに書いてほしいのは、心から愛していた人とのかけがえのない日々を思い出して悲しみにくれている人が、ふたたび前を向こうとする瞬間を描いた作品です。過去や現実と向き合ったときに、前を向く瞬間が読みたいです。そこから立ち直って新しい道を見出す瞬間を切り取って、書いてほしいなって」

冬野　「それは１４０字のほうじゃなくて、最後に収録される短編で書きます！」

くう　「ほんとですか、めっちゃくちゃ楽しみにしてます！」

冬野　「もうプロローグ思いついてます。プロローグからの流れ、エピローグまで、全部思いつきました」

くう　「すごいですね、結構いいテーマだったんですか？」

冬野　「プロット自体はあったんですけど、流れとか、どう始めるかとかは決めていなかったんで、今のくうさんのお話を聞いて、こう始めようって思いました」

「作家」としていろんなものをつくりたい

冬野　「今後も楽しいことをしていきたいんで、執筆のご依頼をもらえることはもちろんありがたいんですけど、自分のやりたいことを発信しながら活動していきたいです。一人じゃなくて、それこそくうさんを巻き込んでもそうですし」

くう「巻き込んでください！」

冬野「いろんなクリエイターさんを巻き込んで、一緒につくろうよーって言って。『小説家』で留まりたくないのかな、とも」

くう「肩書きはいらないって感じなんですね」

冬野「そうですね、『小説家』というより『作家』でいいです、小説だけじゃなく、いろんなものを作りたい。その中で文章を書くのが自分というだけで。音楽でもイラストでも写真でもなんでもいいので、ものづくりをいろんな人を巻き込みながらしたい、というのが今後の展望です」

くう　「その生き様ってカッコイイなと思います」

冬野　「作家になりたいって言う人が多いですからね。作家になることがゴールというか」

くう　「楽しいの結果としての作家なんですね」

冬野　「作家になるために作家になったんだっていう人は結構多そうですね。私は昔からちやほやされたかったんで、その目的の手段としての作家だった。なんでも良かったんです」

くう　「それって一番大事な欲求じゃないですか？」

冬野　「下心ないと人間動かないですからね（笑）」

【くう　プロフィール】

フォロワー数11万人超えの小説紹介インスタグラマー。至高の小説を厳選してシンプルに紹介する。その他、"本を愛する人たちの愛おしい日常を描く"をコンセプトにしたイラストを1日1枚インスタグラムに投稿している。新潟県出身。同志社大学に通う現役大学生。

Instagram

@kuu_booklover　　@kuu_atelier

EABANI

【EABANI（エアバニ）】

ブランドコンセプトは「あなた」と「本」に極上のひと時を。こだわりを持った上質な素材と洗練されたシンプルかつ上品なデザインでコストパフォーマンスを徹底的に追求した一流の本グッズ専門ブランド。インスタグラムにて昨年12月に発売されたブックカバーは販売開始約5分で即完売。

Instagram

@eabani_official

原 案 提 供

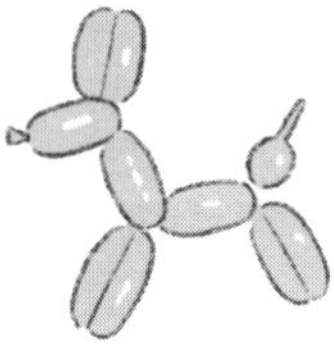

「夢を叶えたら」
（@rin_a2525）

「左利き」
（@double425）

「僕の影響」「別れの挨拶」
（@s9dqd）

「貴方のために」
（@pop_stre）

「恋人の未来」
（@tudurine914）

「メモの意味」
（@hinase1127）

「君の君による君の為の物語」
（@Yamasakura_0125）

冬野夜空先生への
ファンレター宛先

〒104-0031東京都中央区京橋1-3-1
八重洲口大栄ビル7F
スターツ出版(株)書籍編集部気付
冬野夜空　先生

すべての恋が終わるとしても

140字のさよならの話

2023年4月28日初版第1刷発行
2024年5月24日　　第14刷発行

著　者　冬野夜空

発行者　菊地修一

発行所　スターツ出版株式会社
〒104-0031東京都中央区京橋1-3-1
八重洲口大栄ビル7F
出版マーケティンググループ
TEL03-6202-0386（注文に関するお問い合わせ）
https://starts-pub.jp/

印刷所　大日本印刷株式会社
Printed in Japan

DTP　久保田祐子

編　集　森上舞子

ISBN　978-4-8137-9230-7　C0095

この1冊が、わたしを変える。

スターツ出版文庫　好評発売中!!

冬《ふゆ》野《の》夜《よ》空《ぞら》／著

定価：671円（本体610円＋税10%）

一瞬を生きる君を、僕は永遠に忘れない。

続々重版中!

残酷な運命を背負った彼女に向けて、僕はただ、シャッターを切った――。

「君を、私の専属カメラマンに任命します！」クラスの人気者・香織の一言で、輝彦の穏やかな日常は終わりを告げた。突如始まった撮影生活は、自由奔放な香織に振り回されっぱなし。しかしある時、彼女が明るい笑顔の裏で、重い病と闘っていると知り…。「僕は、本当の君を撮りたい」輝彦はある決意を胸に、香織を撮り続ける――。苦しくて、切なくて、でも人生で一番輝いていた2カ月間。2人の想いが胸を締め付ける、究極の純愛ストーリー！

イラスト／へちま

ISBN 978-4-8137-0831-5

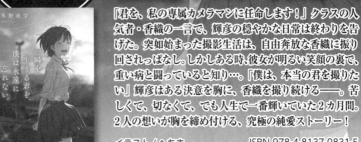

すべての恋が終わるとしても

140字の恋の話

冬《ふゆ》野《の》夜《よ》空《ぞら》／著

＼共感&感動！／

30秒で泣ける、切ない恋の超短編

TikTokクリエイター
けんご小説紹介との
＼特別対談収録！／

140字で綴られる、恋の始まりと終わり――。

「もっと早く告白しておけばよかった」幼なじみの彼は言った。慎重なところが魅力な彼だけれど、今回はその人柄が裏目に出てしまったらしい。「元気出して」「まあ大丈夫。お前は俺みたいに後悔するなよ」こんな時ですら私の心配だ。でも、私はそんな彼のことが――。「じゃあ、後悔しないように言うね」

（本文より『後悔しないように』引用）

定価：1375円（本体1250円＋税10%）　ISBN：978-4-8137-9135-5